めぐる季節

エッセイと絵　栗原 明理

はじめに

私はひとりっ子だったせいか、
自分の思いを文字に表しながら自問自答する癖があり、
そうすることで前へ進んできた気がします。

今年、五十五年ぶりに小学校の国語の先生と、奇跡的に連絡が取れました。
記憶を辿ると、そこには私が文章を書くようになった原点があります。
書く喜びを教えてくれた先生が、再び私の前に現れてくださいました。

今回、十年ほど前に書いた十点のエッセイに、新たな二点を加え、
十二ヶ月のエッセイ集「めぐる季節」としてまとめました。
ここ数年間で描いた絵も加えました。
ささやかな作品ですが、しばしお付き合いいただけましたら幸いです。

何を創ろうかな？

飛びたつ夢

お店番ピエロ

一月

「我が家のおせち」

子供の頃のおせちの思い出は煮物の匂いに始まる。大人の世界が慌ただしくなる年の瀬に、割烹着を着た祖母や母が豆や野菜をことことと煮始める。戦後間もない暮らしの中で品数は多くはないけれど、だしの効いた煮物が彩り良く並べられる。一晩で慌ただしさが静けさに変わり、新年を迎える。

大人になっても、母子家庭の我が家のおせちは特に豊かになった訳ではない。祖母の得意だった黒豆などは市販品になってしまったが、各々の色を大切に賑やかにする工夫はしていた。結婚して驚いたのは、親戚が料理屋という事もあり、素材の豊富さだった。おせちはこんなにも賑やかなものだったのだ。若い嫁の私にはどちらかというと見るおせちだったが、嫁の座が温まると次第に食べる側にもまわった。

子ども達も育ち舅姑との同居が始まると、親戚の料理屋から毎年おせちを送ってもらうようになった。怠け者のわたしはすぐに楽な仕方に慣れてしまい、すっかりあてにして、おせちを作ることもなくなった。しかし、それも去年で終わりを告げた母の代からの料理屋を受け継ぎ、おせちを作ってくれていた夫の従妹が、亡くなったからだ。去年のおせちは、酸素ボンベを使って苦しい呼吸をしながら作った物だと後で知った。どうしてもいつもどおりに作りたかったのだと言っていた。最期のおせちを作って一月余りで世を去った、五十代の従妹の思いが詰まったおせちだった。

これからはおせちを見る度食べる度、従妹の最期のおせちを思い出すのだろう。今年のおせちはデパートから取り寄せてしまったが、来年は野菜を彩りよく煮てみようかと考えている。

おせちの中にも我が家のささやかな歴史が詰め込まれている。子供達はどんな風に我が家のおせちを思い出すのだろう。どんなおせちを食べることになるのだろう。

椿

マスカレード

なごり

二月

「親友」

人生の友・親友が出来るのは、若い時代、学生時代の特権と勝手に思い込んでいた。だから大人になってから、波長が合って、まるで学生時代の様に、次第に心を開く関係が深まった時には、むしろ不思議な感じだった。結婚をし子供も生まれてからの友情なのに、若い頃からの親友の様に結構純粋で率直な関りだった。やがて互いの家族も巻き込んで十数年の歳月が流れ、それぞれの事情でしばらく会わなかったとしても、会えばいきなり本音を言い合える関係が続いていた。

そんなある日、突然の電話が入った。彼女が自ら命を絶ったとの知らせだった。明るく美しい彼女の死は全く信じづらいものだった。周囲の誰もが自分を責めた。私も最期に会った時の記憶をたどり、何もできなかった自分を責めた。家族や友情のはかなさと無力を嘆いた。

気持ちの整理ができないままに、毎月彼女の墓参りをして七年になる。この間に、もう一人の幼な友だちとも同じ様な別れがあった。二人とも五十前後で、年令の割りに純粋な所があった。連れ合いや子供たちにも恵まれていて、幸せそうに見えていた。一体何が彼女達を死に追い詰めたのだろう。

「ガンの誤診で悩んでいた」「娘の受験で悩んでいた」「夫の仕事の事で悩んでいた」等々

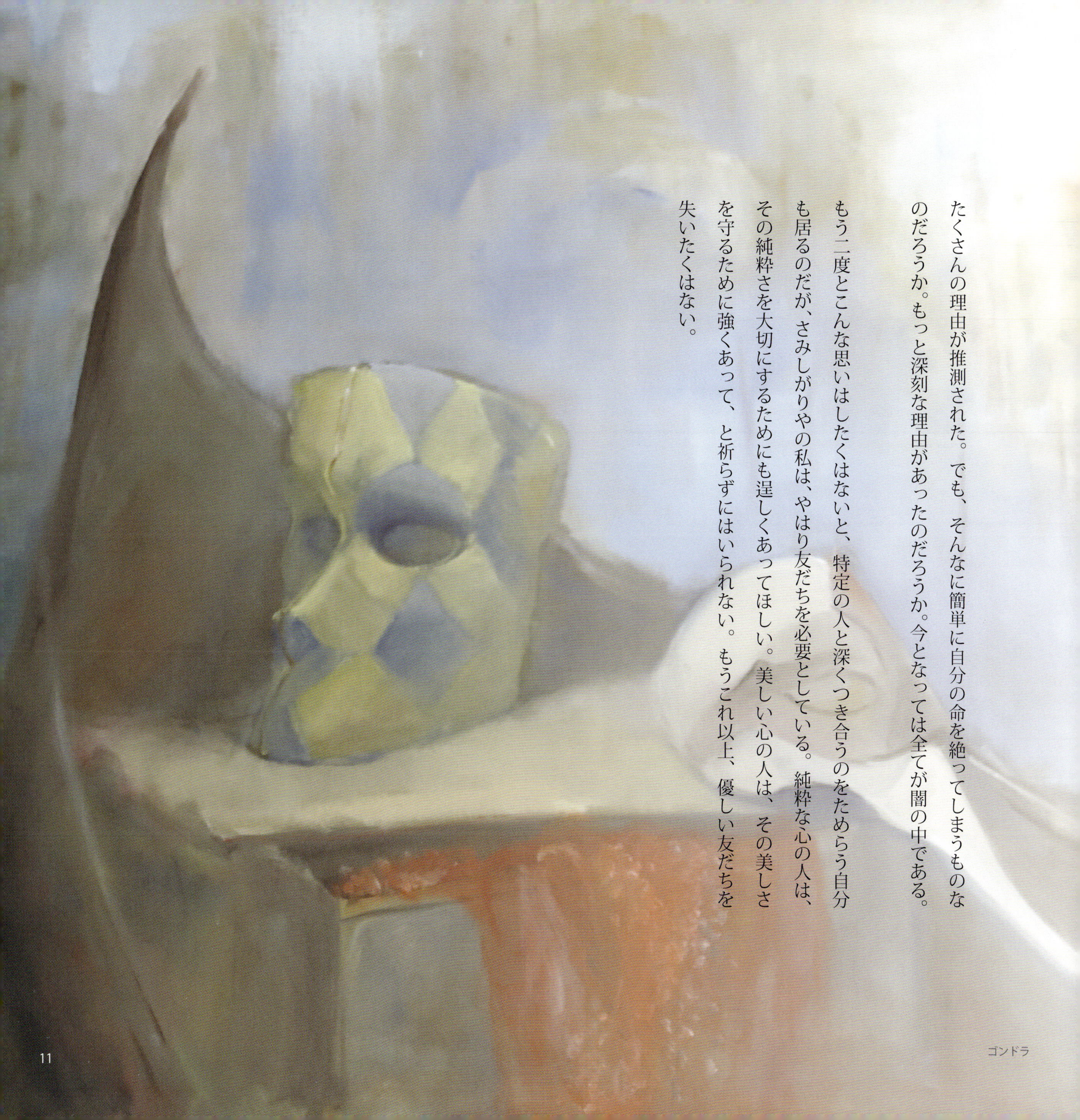

たくさんの理由が推測された。でも、そんなに簡単に自分の命を絶ってしまうものなのだろうか。もっと深刻な理由があったのだろうか。今となっては全てが闇の中である。

もう二度とこんな思いはしたくはないと、特定の人と深くつき合うのをためらう自分も居るのだが、さみしがりやの私は、やはり友だちを必要としている。純粋な心の人は、その純粋さを大切にするためにも逞しくあってほしい。美しい心の人は、その美しさを守るために強くあって、と祈らずにはいられない。もうこれ以上、優しい友だちを失いたくはない。

青い時

光

三月

「大泣きしたこと」

初めて大泣きをしたのは小学一年生の時だった。その頃は体の悪い祖母と暮らしており、学校から帰ると祖母と助け合って、帰りの遅い母を待つ日々だった。そんなある日、父の居ない私にとっては珍しい背広姿の男の人達が現れて、家具にペタペタと派手な色の紙を貼り始めた。幼い私は「差し押さえ」の意味も解らなかったが、祖母と寄り添う私への哀れみの雰囲気を感じ取った。

同じ日だったのか何日か後だったのかは定かでないが、その日、祖母は私に一番上等なよそいきの服を着せた。祖母は私を安心させるような言葉を何度も口にするのだが、今にも泣き出しそうな顔だった。そのうち顔見知りのお兄さんが現れて、車で出かけようと言う。お出かけの大好きだった私は喜んでついて行こうとするが、振り向くと、祖母は今までに見たこともないような悲しい顔をしている。一緒に行こうと声を掛けると、祖母はこらえきれずに泣き出した。祖母の方へ戻ろうとする私を、お兄さんは抱え込んで、無理矢理車に乗せようとする。私はありったけの声で泣き叫んだ。悲しさに怒りの混じった涙だった。いやだいやだと何度も叫び祖母を呼んであばれた。友達の名前も呼び、助けてと叫んだ。祖母は顔をおおっていた。

車はあばれる私をやっと乗せてゆっくりと走り出した。私は車の後ろの窓から家を眺めた。足の悪い祖母は出てこなかったが、大声で名前を呼んだ仲良しの友達が裸足で飛び出して来た。私は車の中から、助けて！と泣き叫び、友達も泣きながら裸足で車の後を追いかけて走った。

その後どうやって大阪の叔母の家まで送り届けられたのか全く憶えてはいないのだが、祖母や友達と大泣きをして別れたときの事は、今でも鮮やかに記憶している。男の子にいじめられても、いじめ返していた私が、こんなに泣いたのは珍しいことで、少なくとも、子供時代の記憶では他に無い。

遠くへ

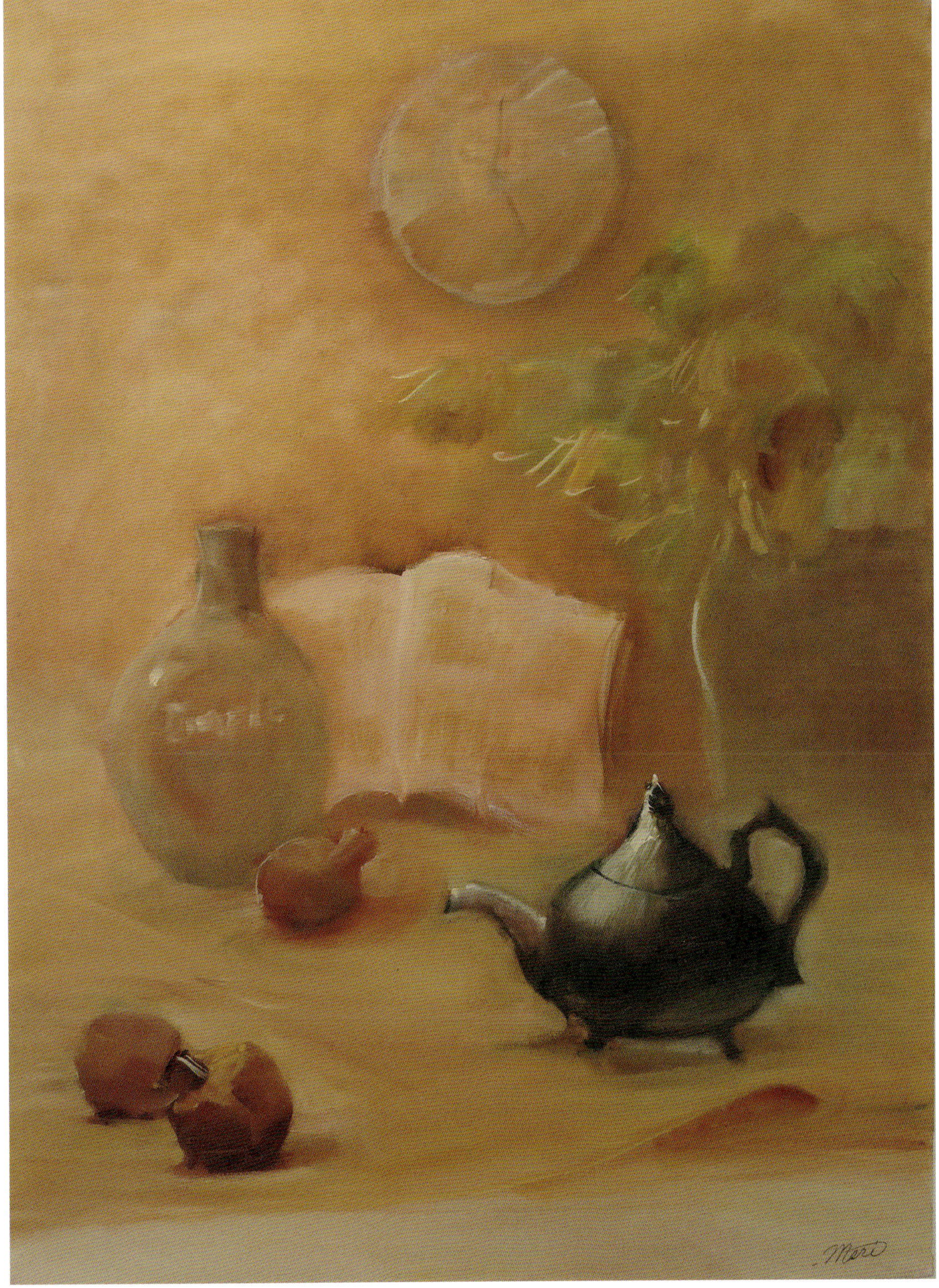

セピア色の時

ひとり

流れに乗って

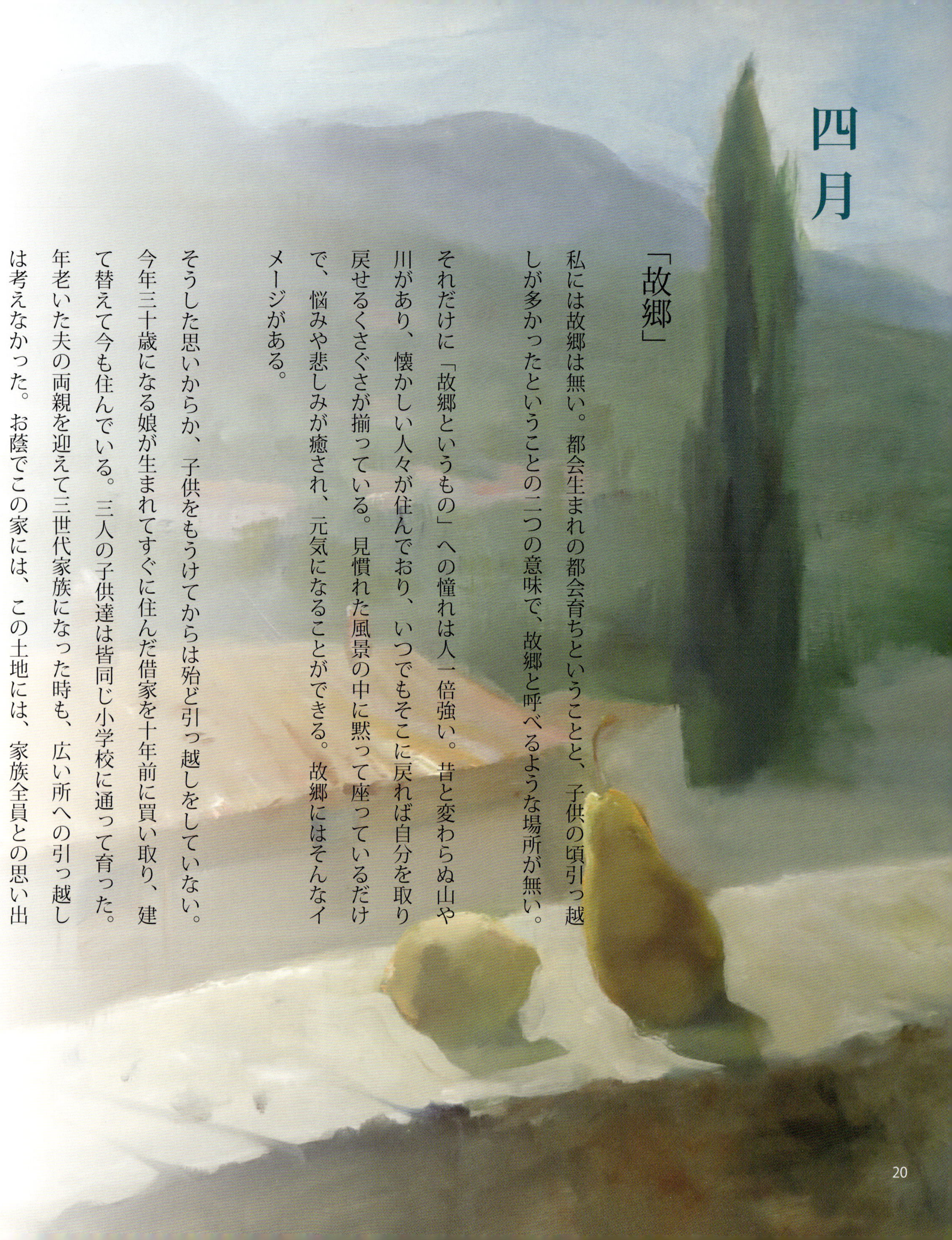

四月

「故郷」

私には故郷は無い。都会生まれの都会育ちということと、子供の頃引っ越しが多かったということの二つの意味で、故郷と呼べるような場所が無い。

それだけに「故郷というもの」への憧れは人一倍強い。昔と変わらぬ山や川があり、懐かしい人々が住んでおり、いつでもそこに戻れば自分を取り戻せるくさぐさが揃っている。見慣れた風景の中に黙って座っているだけで、悩みや悲しみが癒され、元気になることができる。故郷にはそんなイメージがある。

そうした思いからか、子供をもうけてからは殆ど引っ越しをしていない。今年三十歳になる娘が生まれてすぐに住んだ借家を十年前に買い取り、建て替えて今も住んでいる。三人の子供達は皆同じ小学校に通って育った。年老いた夫の両親を迎えて三世代家族になった時も、広い所への引っ越しは考えなかった。お蔭でこの家には、この土地には、家族全員との思い出がいっぱい詰まっている。

夫の両親を介護して看取り、子供達も自立し、今は夫と二人きりなので、

ヴァンス〜石のテラス

混み合っていた家も広く感じる様になった。かろうじて家の前の畑は残っているものの、次々と建売り住宅やマンションができて、近所の風景も変わった。ゴザを敷いて子供達とお弁当を食べたカイドウの林や、大きな桜の木も今は無い。昔は見えた富士山もビルに遮られてしまった。確かに故郷と呼ぶには少々お粗末な場所ではある。

だが子供達にとっては、小さい頃何度も通った道をたどると、昔と同じ場所に我が家がある。何の前触れも無く戻っても、黙って何日間過ごしても、ここでは誰からも咎められることはない。疲れを取ってリセットして、またそれぞれの場所に戻っていく。この家が、この土地が、そんな所になれたなら、子供達にとっての故郷と呼べるのだろうか。

山や川や森がたっぷりあれば、もっともっと本当の故郷らしくなるのだろうが、都会に近い我が家ではこれで精一杯である。

輝

ぬくもり

守る

五月

「旬の味」

夫と二人で暮らす今は、目の前の家に住む私の母が毎日往き来する以外、人の出入りは余り無い。だが、盆暮正月、連休、夏休みとなると急に人口が増す。特に次男が帰る時は、友達何人かと一緒のことが多い。

今年の正月もいきなり電話で、今から七人で帰るが大丈夫かという。長男の学生時代に級友がほぼ全員泊まって、階段もトイレも満員だったことを思えば大したことではない。夫に言わせるとこんな時私は、大変だと言いながら、いそいそと準備を始めるらしい。五月の連休も案の定、今回は少ないよと言って四人が五日間滞在した。さながら民宿である。

いつも急なので、先ずは冷蔵庫内にある物を、加工したり温めたりして出していく。若い胃袋は気持ちのよい程何でも取り込んでくれて、お蔭で冷蔵庫内がすっきりと片付く。それから母と買出しに出かける。先ず八十才の母のために近くの神代植物園に行き、つつじ、藤、ボタンの咲き誇る中を抜け、深大寺そばを食べて、お腹も心も満ち足りてから買い物をした。竹の子、そら豆、菜の花、水菜にイチゴ、初物のスイカも加わる。節句が近いので、柏餅、ちまき、菖蒲湯に使う菖蒲の葉も欠かせない。

皆仕事に忙しい毎日を過ごして、やっと迎えた連休である。背広姿のまま我が家に来た友人もいる。少しでもゆっくりと旬を味わってほしいと願って台所に立つ。夫の両親が過ごした和室から、若者達のくつろいだ笑い声が聞こえてくると、私までホッとする。どちらかというと不器用な私の料理を褒めてもらうと、嬉しくなってまた翌日の下ごしらえをする。

あっという間に五日間が過ぎ、デトロイトから帰国した別の友人の実家へ、田植えの手伝いをすると言って全員で移動していった。

次に皆が来てくれるのは、夏休みだろうか。今度はどんな旬の味を準備しておこうか。考えるだけで楽しくなる。

食卓

実

おおらかに咲く

豊かに咲く

六月

「約束」

朝鮮戦争が起こったのは、私が二才の時だった。母の話では、米国人の父は長い足で垣根をまたぐように越えながら息せき切って戻り、出兵を告げたらしい。日本での母との出会い、私の誕生、つかの間の水入らずの暮らしが終わった瞬間だった。その戦争で頭に傷を負った父は、そのまま米国に戻り、その傷は一生父を苦しめたようだ。

父の「必ず迎えに来る」という約束の言葉が母には支えだったようで、私も何度も聞かされた。その後、母娘で渡米するようにとの連絡にも母は日本を離れる決心がつかぬまま、私が育っていった。父から届くオモチャやお菓子、ぬいぐるみに上手に隠された金品等は、幼い私の記憶にも登場する。

母の決心がつかぬまま、別々の生活が続き、私が小学生の頃、離婚が成立して書類が届いた。その後も思い出したように手紙や写真、本やパズル等が送られたりした。父からの最後の手紙が届いたのは、私が母親になってからだった。戦争で負った傷が原因で入院しているが、私と孫の写真を見て頑張っていると書いてあった。日本に私達を残して去った自分が許せない、日本での思い出と共に自分は死ぬのだろうといったような、今までと全く違った内容だった。それが最後の手紙となり、その後はどうしても連絡が取れなかった。

「必ず迎えに来る」という約束は守られなかった。だが、父が約束を破ったとはどうしても思えない。約束とは「心から真剣に、そうしたいと願う事」と考えるのは、無理があるだろうか。心から願っても叶わぬこともある。どうしても守れない約束もある。ただ、約束をした時の心が信じられればいい。

もちろん、約束が守られればもっといい。難しい約束であればある程、実現した時の喜びも大きく、幸せに満ちることだろう。それを味わえなかった父母と、自分を最後まで責めていた父の気持ちが、哀しく切ない。

雨の季節

グラスウエディング

純

中世の街

青い鳥

七月

「夕涼み」

四、五十年前には、東京でも夕涼みの光景はさほどめずらしいものではなかった。夕暮れ時に外へ出ると、おじさん達が縁側や縁台で一杯やりながら、ご機嫌で声をかけてくる。おばさん達も、うちわを片手に世間話に花を咲かせ、子供もスイカを食べたり花火をしたりで、その集いに何となく参加している。「暑くて家の中に居られないから」「今の様にエアコンが無いから」などと否定的な理由では説明しきれない、のどかでおおらかな雰囲気がそこにはあった。

今や、こうした光景は、都会では殆ど見られない。それどころか、暑い時には窓を閉め切ってエアコンをつけるので、排気の熱も加わり外は増々暑くなる。夕涼みどころではない。それぞれの家が自分の居場所を涼しくして閉じこもるのと、隣近所の住人とおしゃべりをしながら外で過ごすのと、どちらが贅沢なのか、豊かさについて考えさせられる。

昔の人の方が豊かさについてよくわかっていて、今の人間は自己中心

的な考えが強く、「昔はよかった」のだろうか？いや、当時もしエアコンが普及していたら、今と大して変わらなかったのではないだろうか？今の人達の方が教育を受けている層も厚く、その気になれば発想も豊富で思いがけない工夫もするのではないか…あれこれ考える。

エアコンに限らず、物質的に豊かになっていく過程では、多分同じ様な問題が起こるのだろう。今までなかった便利な物が出来て、経済的にもそうした新しい物を手に入れる余裕ができると、しばらくは、その便利さに振り回され、時には以前の工夫や良い所まで忘れてしまうこともある。でもやがて、そうしたがつがつした時期が過ぎ、心が満たされると、より楽しくより素敵な暮らし方を工夫するようになる。物質を無くして昔に戻るのではなく、人間が主人公になる暮らしを創る。こう考えるのは楽観的過ぎるだろうか。

夏の日

窓の向こう

海へ

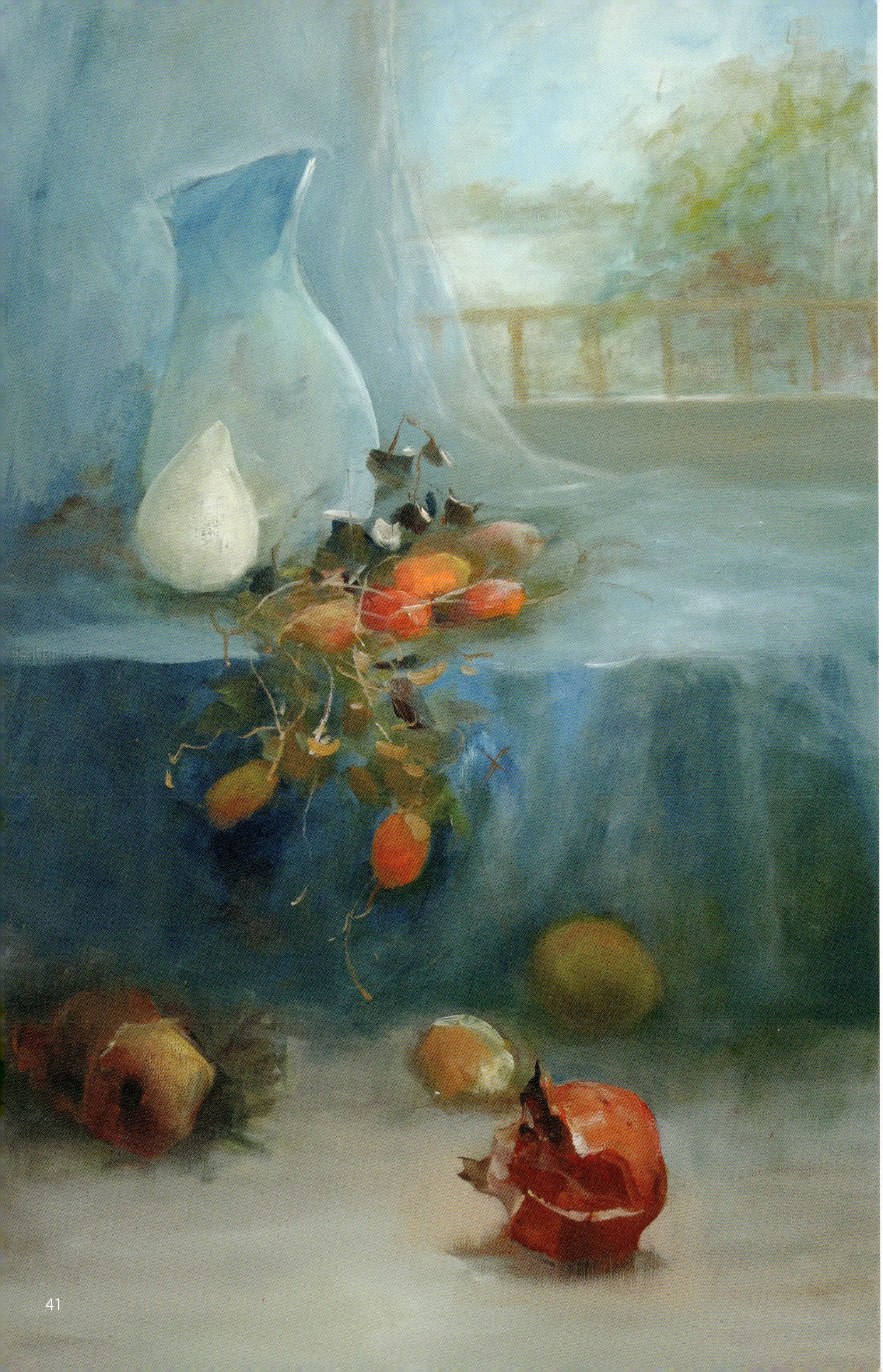

森の朝

八月

「心に残る旅」

ワシントンＤＣに住む夫の友人を娘と二人で訪問したのは、もう十五年以上前になる。中学生の娘にとっては生まれて初めての飛行機、私にとっても二度目のことだった。日本人の見あたらない機内で心細く、時々大きく揺れる度に緊張し、殆ど一睡もせずに目的地へ降りたった。

夜の空港で公衆電話を探し、教わった通りに電話をすると、迎えに行けなくなったので自力でホテルへ行ってほしいとのこと。タクシーの乗り方と注意事項を告げられた。タクシーに乗り、やっと目的地を伝えると、運転手から初めて来たのかと訊ねられ、友人のアドバイスを忘れて、初めてだと答えてしまった。慣れない日本人には回り道をして高額を請求されると注意を受けていたのだった。こうなったら運転手と親しくなるしかない。私はありったけの英語を駆使して彼に話しかけた。やがて、彼が戦火を避けてアフガニスタンから出稼ぎにきていること、金銭第一のアメリカが好きになれないこと、祖国の平和を望んでいることなどがわかった。そんな話をしているうちに前方に白く美しい建物が浮かび上がった。ホワイトハウスかと訊くと、かれはおかしそうに笑う。議事堂だったのだ。彼はゆっくりと説明しながら夜のワシントンを案内し、ホテルへと送ってくれた。代金は友人から告げられたよりかえって安かった。

こうして初めての海外での夜が過ぎ、娘との冒険がスタートした。友人に助け

られアドバイスを受けながらも、時に忘れて、何年もアメリカに住む彼らをハラハラさせた。地元の人に混ざってバーゲン品を買ったり、日本人は殆ど行かない所と知らず出かけて行ったり、日帰りでニューヨークへ行ってミュージカルを観て来たりと毎日が冒険だった。でも、何処へ行っても人の親切に出会い、助けられた。

帰国してから皆に話すと「運が良かっただけだから二度と無茶をしないように」とたしなめられた。

たった一週間だったが忘れられない思い出となっている。

異国の窓辺

仲良し

月の光

あれ！何だろう

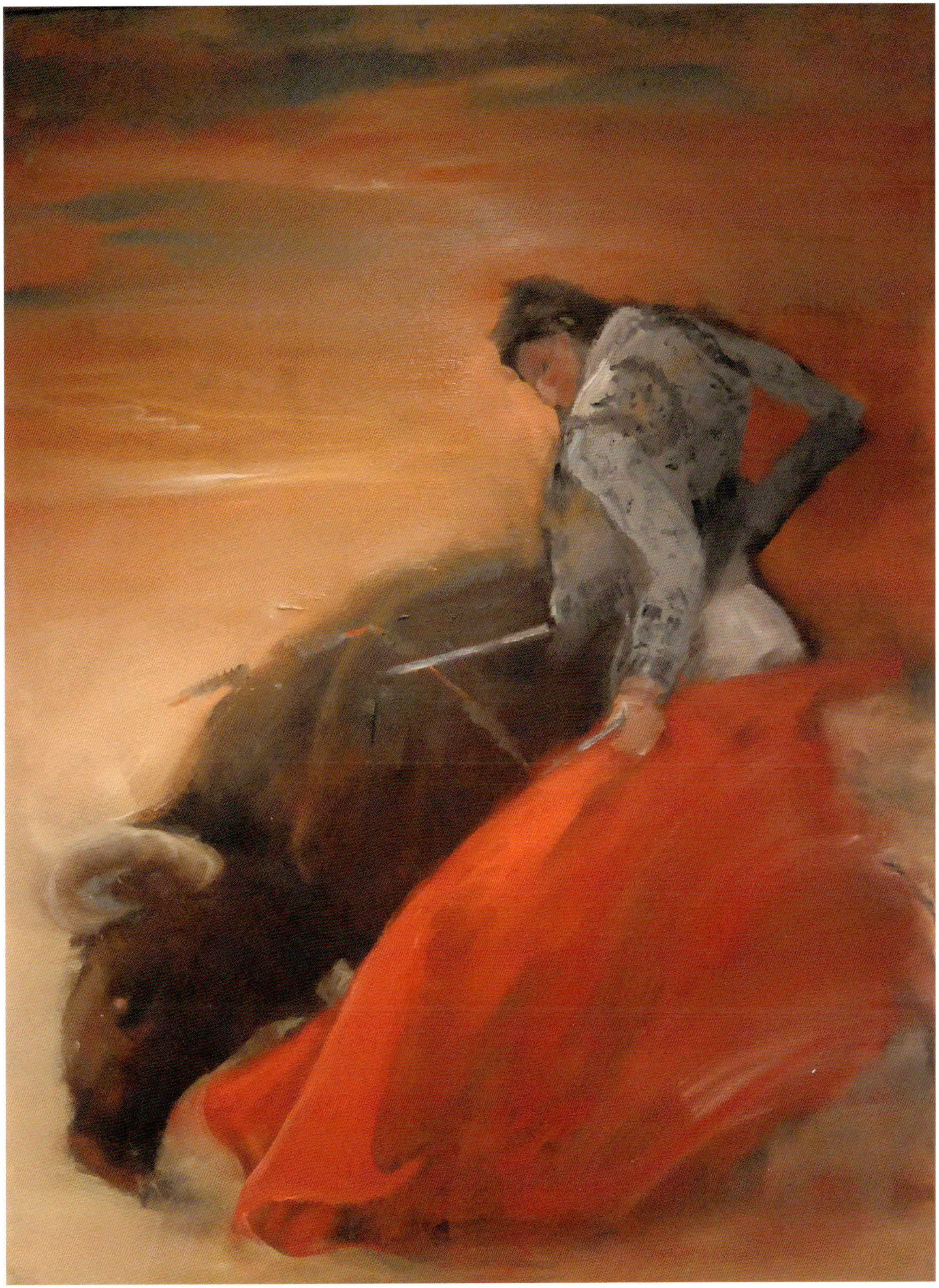

情熱

思い出

夏が過ぎて

九月

「お気に入りの店」

私が気に入っている店のひとつに、ペットと一緒に入れるあるレストランがある。その店は、我が家から歩いて十分程の住宅街にあり、近づかないと店舗であることが判らない位、まわりの景色にとけ込んでいる。

店の前の公園には、しゃれたテーブルといすが並べてあり、緑を眺めながらお茶を頂くこともできる。ドアを開け、外側からも内側からも様子が見られるガラス張りのトリミング室の横を抜けると、可愛らしいレストランへ入れる。壁にはオーナーの趣味で写真やイラストが飾ってあるが、その半分位は彼女自身の作品だ。気持ちのいい音楽も流れていて、奥のキッチンでオーナーが調理をしたりお茶を入れたりしている音と混ざって、心地よい賑わいがある。椅子に座ってキッチンの彼女とカウンター越しに話をしながら、注文の料理を待つ時間も楽しみである。

私も我が家の犬を連れて、家族や友人と何度もその店を訪れた。昨秋に我が家の犬が逝ってからしばらくは、足が遠のいていたが、ついこの間久しぶりに老いた母と訪問した。店のラブラドール犬は私のことを覚えていて、大喜びで迎えてくれた。オーナーは相変わらずテキパキと全てをこなしていて、たまに若い女性を手伝いに頼むことはあっても、殆ど一人で頑張っている、と話した。

四十歳に満たない女性オーナーがたった一人で店を守り、次々と新しい試みを加えていくエネルギーの出所が、最近になってやっと判った。彼女は夫とこの店をスタートし、二人の夢を形にしたのだった。ところが間もなく彼が病に倒れ亡くなってしまった。周囲からは再婚を勧められたが、彼女はそんな気にはなれず、彼との夢の続きを一人で追い求めていたのだった。客からは見えないが、キッチンの中で振り返った時、彼女にだけは見える所に彼の写真が貼ってあることを、彼女がそっと教えてくれた。

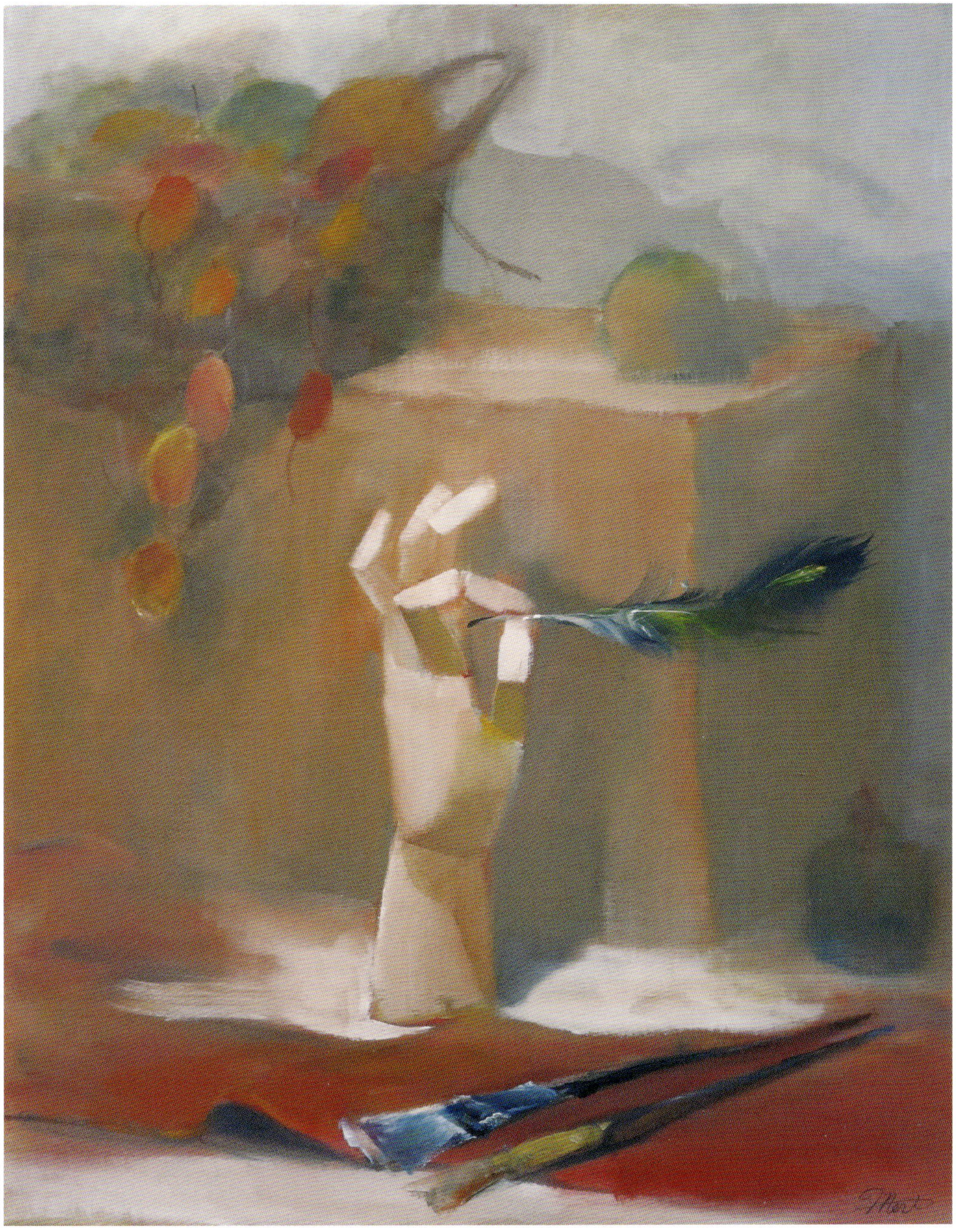

アトリエ

あけび

懐かしむ

十月

「くつろぎの時」

一番のくつろぎの時は、愛犬イヴと過ごした朝と夜とのひとときだった。

朝、目覚めると、隣に眠る夫を起こさないように、そっと布団を抜け出して台所へ向かう。コーヒー豆を挽き始めると、ゴールデンレトリバー犬のイヴも、寝床から這い出してくる。台所の入口で、顎までぺったりと床に着けてこちらを眺める仕草は、まだ眠そうだった。ゆっくりと広がって行くコーヒーの香り。コーヒーを入れたカップを手にすれば、イヴはのっそりと窓辺に移動する。私はいつもどおり出窓に腰をかけ、窓を開ける。イヴは前足だけ出窓にかけて外を眺める。一人と一匹は、今日の天気や気温を確かめながら、次第にはっきりと目を覚ます。私にとっては朝食の支度をする前の、イヴにとっては夫との朝の散歩前の、くつろぎのひとときであった。

夜にもまた同じような時間があった。夕食の後片付けを済ませ、一日の家事を終えて音楽をかけると、イヴはのっそりと移動を始める。気に入った場所にぺたっと伏せ、やはり顎まで床に着けて目を閉じる。まるで音だけでなく床から伝わる振動も楽しんでいるようだ。静かな音楽の時程、音の源に近づこうとしている風にも見えた。私はワインかウイスキーを手に、

背もたれのある椅子にゆったりと腰掛けて、音と香りを楽しむ。決して長い時間ではないのだが、何物にも代え難いひとときであった。

こうしたくつろぎのひとときに、今は大切なものが欠けている。イヴは昨秋逝ってしまい、以来、私はこの時間を一人で過ごす。その都度イヴは心に蘇る。一緒に暮らということは、いつか、そうでなくなった時にも、日々のさり気ない日常の一つずつに、思い出が沁み込んでいることなのだと実感する。小さな習慣や仕草の中に潜む思い出が、ふとした拍子に蘇って、私の心に静かに寄り添う。

たわわ

忘れられた靴

愛らしく咲く

かたらい

十一月

「宅急便」

盆暮れのお中元やお歳暮とは関係なく、いきなり、
ミカン・レモン・蓮根・野菜・柚子胡椒・漬け物などが無造作に詰め込まれた
宅急便が届く。
佐賀に住む従姉妹とその娘からのもので、
開けるといつも良い香りがして、心温まる手紙も入っている。

従姉は叔母の娘だが、私にとっては、それ以上の関係でもある。
と言うのも、小学一年生の時にいきなり母と祖母と別れて大阪の叔母の家に預けられたが、
泣くだけ泣いて辿り着いた叔母の家で、いつも面倒を見てくれたのが従姉だった。

母とは数ヶ月間会えなかったけれど、
従姉が同じ布団で寝て、病気の時にもそばについていてくれた。
自転車の乗り方も教えてもらった。姉であり母でもある存在だった。
近所の朝鮮人の叔母さんやお姉さん達も、私を可愛がってくれた。
広場で紙芝居を見たり、子ども同士で泣いたり泣かせたり――。
母や祖母とのひっそりとした暮らしから、急に賑やかな生活になった。
私の世界が拡がっていった。

その後、従姉は大阪から佐賀に嫁いで、たくさんの苦労もした。
厳しい人だという評判もたまに聞くけれど、
私にとってはいつもいつまでも優しいお姉さんのまま。
大家族の家をきりもりし、義母と夫を見送り、今は娘と一緒に家を守っている。
私の知らない苦労もたくさんあったはずだが、会えばいつも温かい人。
従姉の娘は賢く親孝行で、たくさんの活動をしている。
「お姉さん」は、今が一番幸せそうだ。

たまにはこちらからも何か送ろうと思うが、東京からの宅急便には色気が無い。

デパートから少々改まった物を送ったとしても、「ふるさと宅急便」には到底及ばない。

ひとりっ子でふるさとを持たない私だが、心のふるさとになってくれている人がいる。

そのことが私を支えている。

エッヘン！鳥

実り

小菊

プレゼント

ともしび

十二月

「手紙」

「ご無沙汰しました。お変わりありませんか。風邪など大丈夫ですか。

もう五十年も前に書いた本ですが、年末の片付けをしていたら出てきました。

今頃出てくるなんて、『あなたに読んでもらいたかったのではないかしら』と思って送ります。…中略…昔のものですし、本を綴じる糊も効かなくなったようです。ばらばらになってしまいましたので、読めるようなものではないかとも思いましたが、一か所でも、あなたが懐かしんでくれるところがあれば嬉しいです。

もうクリスマス、年を取るとうれしくも楽しくもなんともありません。嫌な年寄りです。

あなたは、かわいらしく年を取っていってくださいね。あなたの人生ですから。

よい年をお迎えください。また、いずれ」。


五十五年ぶりにひょんなことから連絡が取れた、小学校の国語の先生からの便りだった。

一緒に送られて来た本には懐かしい先生の、瑞々しい情熱が満ちていた。

「教師と子どもとの人間関係は、信頼感によって結びつけられるというのがまず第一の条件…中略…それが何でも話しあえるという安心感につながり、さらに開放感へと高まってはじめて、真の教育が営めるようになるのではないか…」若い彼の言葉が改めて心に響く。

彼の授業を受けた時の新鮮な驚きと開放感は、半世紀余を超えた今でも鮮明な記憶となっている。

八十歳を過ぎてなお新しい教育の本を出版し続けている恩師と、今になって繋がれたことは奇跡に近い。

「いくつになっても人は伸びる。」

「これからが自分自身の命を完成させていく年代」

彼の言葉に、自分らしく生き切ることの難しさと大切さについて考えさせられる。

命の時間について、重さについて、老いることについて。小学生時代とは違うことをやっぱり今も、先生から教わっている。

半世紀を超えて人生にもう一度先生を登場させてくれた運命に、心から感謝。

想

愛

書く楽しみを教えてくださった下村 昇先生
書くことを励まし校閲してくださった萩原 薫さん
描く喜びを教えてご指導くださった蔡 國華先生
デザインとレイアウトをしてくださった近 ゆうみさん
小さな冊子ですが、皆さまのお陰で形になりました。
心からの謝意を表します。

栗原 明理　略歴

1961 中野区立向台小学校卒業
1964 中野区立第十中学校卒業
1967 都立西高等学校卒業
1972 都立大学 (現 首都大学東京) 卒業
3 人の子供を育てながら自宅で中高生の勉強をみる
1993 両親と同居して三世代家族となる
1996 2 人の母たちに支えられてクリロン化成 (株) に入社。人材部を担当
2009 人材部の社外交流窓口 KURILON Workshop を担当
2011 「KURILON Workshop 画空間」を開設し、社外交流の拠点とする